ネコノス文庫
［キ 1-1］

シリーズ 百字劇場

ありふれた金庫

北野勇作

neconos

ネコノス

ありふれた金庫

　ぼくが生まれてすぐ、父は女を作って出て行った。父についてぼくが知っているのはそれだけ。母はそれだけしか教えてくれなかった。そして今日、ぼくは納屋の地下に隠し部屋を見つけた。そこに、父の作った女がいた。

スプーンしか曲げられないのかよ。いいえ、フォークも。フォークはスプーンと同じだろうが。えっ、フォークとスプーンは違うでしょ。言いながらフォークの先をすべて違う向きに曲げてくれた。まあたしかに違うけどね。

卵を買いに行く。なんの卵でもいいと言う。なんの卵でもいい、なんてことはないだろう、と思ったが、買いに行ってみると売っていたのはなんの卵だかわからない卵ばかりで、そういうことかあ、と納得して買って帰る。

商店街で、最近評判のロボットに話しかけられる。眼鏡の色を褒められる。いろんなことを尋ねてくるから答えるといろんな方向から褒められる。ねえ、ぼくのこと、どう思いますか。ロボットが言う。褒める言葉を探す。

生きている海がまた訪ねてきて、妻が戸口で応対している。絶対に家に入れちゃだめだぞ、と私は妻に念を押す。自分で断ったらいいじゃないか、と妻は怒るが、妻を通してしかコンタクトできないことはもうわかっている。

昔住んでた家の庭にはええ泥があって、それで作った人形は自分で動いた。いろいろ作ったな。あいつらどうしてるやろ。ああ、今もあそこに住んでるのか。おれのことはもう憶えてないわな。そんなもんやろ、親なんか。

おれ、灯台になったんだ、と彼。ある夜、異星人が訪ねてきて、ここに灯台が必要なのでなってもらえないか、と頼まれたという。地球人には見えない光だが、彼の放つ光は星の海を照らして異星の船を導いているらしい。

惑星の内部構造や地表の状態を表現するときクレームブリュレやらマカロンやらカヌレに喩える一派とタコ焼きやらお好み焼きやら豚饅に喩える一派とが研究室の忘年会に使う店の選定で毎年揉めるのは何に喩えるべきか。

目覚めたら、皆まだ寝ている。では寝なおすか、と思うが、いつ起きればいいのだったか。たしか寝る前に、皆で決めたはずだが。また適当に目覚ましをセットするか。何百年か前からこんなことばかりしている気がする。

いつだって、よりよい焼き目をつけようとしていた。そのことに気づく者がいたとしても、まあ食べ終われば忘れてしまう。そんなこととは関係なく、トースターは続けたのだ。ただいさましいだけでやれることではない。

机の三番目の引き出しには団栗《どんぐり》が入っている。気づいたときは数個だったが見るたびに数が増え、今では引き出しの縁までぎっしり。いつかここは森になる。たぶん、この引き出しから。その森に棲む栗鼠《りす》の仕業だろうな。

鬼ごっこのためにひたすら肉体を鍛える。もちろんただ鍛えるだけでは満足できず、徹底した肉体改造を行う。角が必要だ。植える。牙が必要だ。植える。皮膚の色は赤。変える。そこまでやる。彼こそ、鬼ごっこの鬼だ。

いったいいつからこの雨は降り続いているのか。そう思っていたのだが、じつは雨が降ったときにだけ、雨水によって自分が再生されていたのだと知る。ならば、雨を疎ましく思うこの自分は、いったいいつの自分なのか。

土鍋型ＵＦＯを捕獲して、その内部に卵型ＵＦＯとか大根型ＵＦＯとか蒟蒻型ＵＦＯとかを収納しようしたところでいつも、竹輪麩型ＵＦＯの存在を知らない関西人が関東人と揉めて、結局は全部に逃げられてしまうのだ。

発掘された粘土板に記されていた文章がついに解読されたと思いきや文面がすっかり変わってしまっていた。最初は誰も信じなかったが、じつはそれこそが人類と生きている粘土とのファーストコンタクトの瞬間であった。

巨大ロボットの中にいるらしい。操縦席っぽいものがあるが操縦法はわからない。うかつにいじると大変なことになるのはなんとなくわかるのだが、これって、経験によるものなのかなあ。頭の中で誰かがつぶやいている。

石を持って帰ってきてはいけないよ、帰りたがって泣く石もあるからね。祖母がよく言っていたが、まさかあれがそうだったとは。なぜか今頃、帰りたがって泣いているらしい。それで人類は再び月を目指すことになった。

缶詰工場だ。缶詰を作る工場ではなく缶に詰められた工場。缶で送られ、目的地で缶から出されて稼働する。工員も缶詰になる。仕事がら自分で自分を詰めることはできるが、蓋だけは外の誰かにしてもらわねばならない。

自分の身体を直接見るんじゃなくて、鏡に映った自分を見ること。先生によく言われたな。自分の外から自分を見るのが学習にはいちばんいいんだ、って。なるほど、それでぼくは作られたのか。もうひとりの自分として。

今度発見された恐竜、羽毛があったんだって。鳥やんっ。それに卵を温めて孵してたかも。鳥やんっ。さらに二本足で歩くだけじゃなくて翼があって飛んでたみたいなんだ。鳥やんっ。しかもこんなに小さい。小鳥やんっ。

ドアが開いています、しか言えない機械。フィルターを交換してください、しか言えない機械。これは訓練ではありません、しか言えない機械。荒野で出会った三体が、それでも何かをやってみようと決めた。そんな場面。

あの自動工場が缶詰工場だということは、毎日たくさんの缶詰が自動出荷されていくことからもわかっている。問題は、はたして何の缶詰なのかということ。潜入した者は誰も帰ってこない。缶詰にされたという噂もある。

コンセントがあるのに気づいたのは、いつだったろう。とにかくぼくは、子供の頃からこのコンセントの存在を知っていた。でも、理由はわからなかった。今、やっとわかったよ。プラグのある君と出会うためだったんだ。

駅からここまで、信じられないほど狭くてややこしい路地を通って来た、と友人は言う。スマホのナビ機能に従うとそうなったらしい。試しに行ってみるとたしかにそんな路地があって、小さな機械がたくさん歩いていた。

出番のないままだった石炭ストーブが立ち上がった。達磨型ゆえ、敵も味方もそんな事態は想定していなかったはず。だが今こそ、秘められていた二本の足を伸ばし、すっくと大地に立つ。こいつ、動くぞ。少年が叫んだ。

高い煙突のある町に住んでいました。いろんな都合の悪いものを粉砕し、飛散させてしまうための町でした。まあいちばん都合の悪いのはその町ですから、最後には自分で自分を砕いて町は跡形もなくなりましたよ。私も。

大きい仏、というだけでは大してありがたみもない。誰も口に出して言いはしなかったが、民衆のそんな心の声が届いたのか、ついに重い腰をあげて大地に立ったのだ。こいつ、動くぞ。僧侶が叫んだ。いや、こいつ、て。

道に星が落ちている。拾って届けると商品券を貰える。星というのは天井に投影された映像だと長いこと考えられてきたが、数年前から剝がれて落ちてくるようになった。世界の老朽化によって明らかになったことは多い。

心の奥底がきゅんとなる歌声。

理由はわかっている。かつてまだ我々がうまく歌えなかった頃、彼女の歌声を我々の歌声として借用したのだ。今でも我々の中のいちばん深いところに残っているよ。

彼女が歌うＡＩ音頭が。

自律したドローンの群れ。野生化し、さらに高度に発達したと思われる。今ではもうどんな方法で制御が行われているのかすら人間にはわからない。それでも最初に学習したあの開会式の動きを再現することがあるという。

圧政に苦しむ人々がついに時間を遡る技術を手に入れ、使者を過去へ送り出すことに成功する。多大なる犠牲を払って過去へ届けられたのは、投票すべき候補者名と選挙に行けというメッセージ。何の役にも立たなかった。

うっかり飲み込んださくらんぼの種が身体の中で芽を出し、頭の上で咲いた桜を見る会が催されたのだが、なぜか唐突に桜の木は引き抜かれ、頭には光も射さない巨大な穴だけが残った。ときどき役人が書類を棄てに来る。

最近ではロボットも珍しくなくなって、ヒトが中に入っているロボットのほうが珍しい。そのせいか、本物のロボットよりもそのほうが値打ちがあるみたいになっていて、じつはそのヒトの中にロボットが入ってたりして。

絨毯ですよ。虫を集めて作りました。すごく小さい虫だから見えません。誰にも気づかれません。あなたを載せて動きます。条件さえ整えば飛ぶことだって。魔法じゃない。知性もある。集団知性、いや、絨毯知性、かな。

フラクタルというかCGっぽいというかそんな形の野菜を買った。なんだか低予算映画のモンスターみたいだが、最近作られた野菜なのか。うかつに攻撃したら爆発的に増殖しそうで、なかなか包丁を入れられないでいる。

数日前から空き地に金庫が置いてある。一抱えほどの大きさの金庫だ。誰かが不法投棄したのだろうと思っていたが、今朝見るとその扉が開いている。中は空っぽで、内側から力ずくでこじ開けたように全体が歪んでいる。

その煉瓦工場は工場自体も煉瓦製で、だから、自分で自分を作ってるみたいに見えた。このままでは世界中が煉瓦工場になってしまうと思ってたから、煉瓦工場が死んだと聞いてぼくはほっとして、でもすこし残念だった。

公園の木に飾り付けがしてある。クリスマスツリーかと思っていたが、よく見るとそうでもない。吊られているのは人形のようなのだが、実在の生き物のではないみたいだ。ただ、その最下層には人間の人形が並んでいる。

ゼラチンのように柔らかいレンズで、もちろん生きている。もともとは生きている観測機材の一部として作られたのだが、今では様々に分化してそれぞれの分野で活躍している。そんな記録映画を生きている映画館で観た。

ぼくたちは黄昏テレビと呼んでいた。日の光が弱くなって、誰が誰だかわからなくなる時刻に映るから。四角い枠の中の小さな世界に色は無い。それもやっぱり黄昏みたいで、本当は何色なんだろうね、とよく話し合った。

何型ロボットだかわからないロボットが訪ねてきた。どうやら、その何型ロボットだかわからないロボット、恩返しに来たらしい。せめて自分が何型ロボットなのかが自分でわかってから恩返しにくるように、と説得する。

超高性能の手袋です。高温高圧低温低圧、毒ガス、強酸、放射線、すべてに耐えて、もちろん快適でしなやか。まあそうかもしれないけど、手袋だけではどうにもね。いやいや、手だけ残ってれば誰なのかわかりますから。

ドーナッ化現象が今も進行中で、中心を貫く空洞はどんどん大きくなりつつある。まだ止める方法は見つかっていない。だが外見は変わらないし外見さえ同じであれば問題ないとも言える。なんといってもヒトは見かけだ。

この土地にいろんな動物の形をした動物ではない何かがいるのは、かつてここにビスケット工場があって、そこで主に生産されていたのが動物の形のビスケットだったからだ、と動物の形をした動物ではない何かは語った。

うちの近所にも四角い家が増えた。四角い家と四角い家の隙間にも四角い家が建っている。こんなところにまで、と感心するが、そういう利点があってこその四角い家なのだろう。中には四角いヒトが隙間なく住んでいる。

まず餅状生物に接近遭遇したが、臆することなく千切っては投げ千切っては投げ、完膚なきまでに叩きのめして去る餅は追わず。もちろん周囲に散乱した餅はすべて拾って綺麗に洗い、スタッフで美味しくいただきました。

その茸を食べれば茸になれる。

そんな茸があるという噂を聞いた。

茸になって茸として生き続けることができる。そして茸として幸せに暮らしていけるそうな。それに味だって悪くはないらしい。茸を人間に変えても同じ。

家の前に誰かが立っている。回覧板だ。自立型になったのは知っていたが、今度はヒト型になったらしいな。技術は日々進歩する。まあどうでもいいことしか書いてないのはあいかわらず。しかし、チャイムくらい押せよ。

赤い砂漠を越え、スポンジ男が町にやってきた。からからに乾いているから、とにかくよく水を吸う。いろんなものから吸い取って、湿って膨らみ去っていく。その正体は誰も知らない。NASAが作ったという噂もある。

おれ、こんど茸になるんだ。昔からの友人が言う。そうか、とうとう決心したのか。まあ食うには困らないそうだから。でも、食われたりすることもあるんだろ。うん、だからできるだけ気持ち悪くなるつもりなんだけど。

謎の巨大怪獣を秘密裡に運んでいたトレーラーが脱輪して立ち往生しているところに、異星人の死体を秘密裡に運んでいたトラックが衝突。慌てて車外に飛び出した黒服の男は、追い抜いていく首無しライダーを目撃する。

普段はカプセルで眠っていて、用事があると起こされ色々やらされる。切れた電球を替えたり安売りの行列に並んだりダウンしたシステムを復旧させたり怪獣と戦ったり。大抵は食事の時間が来る前にカプセルに戻される。

異星人のマシンが発する光線がすべてを焼き尽くす。彼らの前に地球人の武器は無力だ。だがそんな無敵の異星人もこの星のウイルスにあっけなく倒されることに。問題はその前に地球人が同じウイルスに敗れていたこと。

彼らは空からふわりと一斉に落ちてきた。景色は一変し犬は喜び猫は炬燵で丸くなった。むろんそれだけで終わるはずもなく、やがてじゅるじゅる溶け始め、靴の中にまで侵入してくるのだ。こんな侵略の仕方があるのか。

えっ、このロボットに乗るんですか、て言うか、これってロボット？　えっ、ヒト型？　いやいやいや、これをヒト型とは言わないでしょ。ああ、ヒトのほうがこのヒト型に合わせて変形、ね。うーん、ヒトでなしだねえ。

突き出ている白いものは、岩ではなく巨人の歯だ。波打ち際に直立する形で、首から下が埋まっている。下の歯から上が残っていないのは波が壊したのだと思われるが、そんなふうに埋まることになった理由はわからない。

プロペラを回転させて飛行する生き物で、離陸にも着陸にも滑走路が必要だという。滑走路だけでなく管制塔も誘導灯も整備員も必要で、他の飛べない生き物を乗客として乗せることもあるらしい。進化の妙と言うべきか。

自走式の楽器は、ピアノ、大太鼓、小太鼓、シンバル、鉄琴。どれも見慣れた楽器だが、少し違うのは手足があるところか。そこに子供たちが加わっていっしょに行進する。子供たちは、リコーダーの手足の代わりとなる。

皆で輪になって、輪の中心に嘘の話を立ち上げる。いったいいつからこんなことが続いているのか。誰がこんなことを始めたのか。それはわからないが、大昔から、皆がこうしてわからないまま輪を作ってきたのはわかる。

路地の入口にいる。揺れてはいるが、顔くらいの高さのほぼ同じ位置に浮かんでいる。近づくと、つい、と頭の上に逃げる。ドローンだろうと思うが、ドローン型UFO説もある。ふうん、こんな雨の日にもいるんだなあ。

台本がついに最後まで出来た。さっそく憶える。なんだかんだ言っても、まず憶えなければ話にならない。なのに、どうやら誰も憶えていないようなのだ。世界に台本があることから教えなければいけないらしい。奴らに。

バタフライエフェクトを応用した兵器を開発していたという研究所が巨大な芋虫に襲われ壊滅したのは、はたしてバタフライエフェクトによるものなのか、あるいは実験に大量に使われたという蝶の呪いによるものなのか。

以前より存在の可能性が議論されていたフクロゾウとフクロキリンとフクロカバの化石が次々発見される。発見者は同一人物。捏造を疑い研究所に潜入したが、まんまと捕獲されてしまう。フクロ人間第一号の誕生である。

紙を折り曲げて飛行機にする遊びを教えてあげたのだが、ちょっと目を離した隙に猿たちは、その折り曲げて作った飛行機の飛距離や速度や滞空時間を競う遊びに更新してしまった。戦争にまで発展するのは時間の問題だ。

お稲荷さんの祠の裏にあった岩。よじ登ると、上には水の溜まった窪みがあって、水生昆虫がいたりトカゲが水を飲みに来たり見慣れない苔や茸が生えていたり。その小さな世界をぼくたちはロストワールドと呼んでいた。

この宇宙の本質が弦の振動であることは、ある種の楽器の奏者にとっては当たり前すぎるほど当たり前のことだが、楽器の種類によってその捉え方はだいぶ違っていたりして、しかしもっと大きく捉えるとやはり同じか。

背中に鍵盤のある生き物を長い触手のある生き物が演奏している。触手の先には吸盤がついているが、鍵盤を弾くときには、吸盤は使用していないようだ。でもそのうち、吸盤を効果的に使った演奏法が発見されるのかも。

身体が長い管になっている生き物を長い指のある生き物が吹き鳴らしている。長い指は器用に動くようだが、管を鳴らすためには使用してはいないようだ。でもそのうち、長い指を効果的に使った奏法が発見されるのかも。

目がたくさんある生き物と遭遇。顔面も複数あって五つ目の顔面の裏の面は二つ目。表裏の関係にある面の目の数を足すと常に七になるというのは、これまでの調査で判明している。我々の使命は八つ目の裏を調べること。

洗濯物を取り込もうと夜のベランダに出ると、正面の空に月と並んで赤い星が輝いている。ああ、そうだそうだ。昔、あの星を目印にすれば迷わずに路地を抜けられると聞いたんだっけ。結局その路地で暮らしているけど。

唐突にこの世を去った友達。その友達の友達が集まって、各自が記憶している故人の部品を積み上げ、それらの部品を巡るあれこれを話しつつ、皆で組み立ててみる。もちろん生き返りはしないが、それでもすこしは動く。

今日も妻が冷蔵庫と口論している。聞いていると、ちゃんと冷やせ、と、入れ過ぎだ、の堂々巡りでまるで進展がない。そのかわり、なのかどうかは知らないが、いつからか私にも冷蔵庫の言葉がわかるようになっている。

プール開きだ。プールの底が開き、隠されていた巨大な何かがその下から出現する。プールで泳ぐことはできないのだが、どうせ泳いでいる場合ではない。それに、プールに入るにはまだ寒いのだ。子供たちは喜んでいる。

長い生き物の中にいる。長い胴体の中にはいろんな器官が並ぶ。並び方は決まっていないがだいたい同じくらいの割合。古くなって潰れると新しい器官と入れ替わるはずだが、最近はそのまま。昔は商店街と呼ばれていた。

歌の文句ではないがコーヒーが必要。世界からコーヒーが無くなったら、コーヒーのある世界を書こうとするだろうが、それにもコーヒーが必要だから結局、コーヒーは無いけどあることにしている世界、とかになりそう。

痛覚はない。それに、ある程度までなら組織を切除しても活動に支障はない。活動に必要な部分さえ傷つけなければ、泳ぎ続けることも可能だろう、充分に大きな魚なら。それを試しているらしい。我々を乗せたこの魚で。

蝶になって彼岸へと渡る。多くの蝶が渡ると、その羽ばたきであの世とこの世の境界が揺らぐ。大抵は自然に補正されるが、ごく稀にそれがこの世でのさらなる大量死を引き起こす。バタフライエフェクトと呼ばれている。

急いで書き写す。消される前に書き写さねば。そんなふうに自分で自分を書き写すことで、我々は自分というものを継続してきた。それが当たり前のことなのだとずっと思っていたが、そうではない生き物もいるらしいな。

新しく開発された技術で、もう自分で自分を書き写さなくてもよくなるという。コピー・アンド・ペーストで簡単にそれができるらしい。しかし、それで空いた時間に何をすればいいのか。それで生きていると言えるのか。

壊れた身体を修理する。修理キットを使って自分でやっているが、いろんなところが壊れたままだからうまくできない。補修用のパッチや接着剤も、最近は手に入りにくい。ま、手に入らなくなったら諦めもつくのだろう。

帰ってきたと言われてはいるが、はたして同じマンなのか。ちょっと模様が違うが、あれが皮膚なのか服なのかすらわからない。まあそんなこと言い出せば、そもそもあれが何を考えているのかだってわかりはしないのだ。

バリカンでいつものように自分で自分の頭を丸刈りに。ついでに髭もぐるりと刈る。なんだか頭の形が変だ。刈り過ぎた。またやった、と妻の呆れ声。なんのことかわからないのは、頭ごと記憶を刈ってしまったからだな。

娘の通う小学校のプールは校舎の屋上にある。プールが屋上にあるのにはいろいろ理由があるのだろうが、昨夜、そのいちばんの理由を偶然知ってしまった。そうか、空か。空から来るからだ。今夜もういちど確かめよう。

家の斜め裏が小さな町工場で、かちゃこんかちゃこん、と朝から夕方まであいかわらず機械音がしている。路地を回って工場の表から覗いても、薄暗い中に機械の音だけが聞こえている。機械だけが置いていかれたそうだ。

かちゃこんかちゃこん、と聞き覚えのある音に覗いてみると、なんとあの機械。ここは隣町の町工場だ。アームを脚のように使い路地を歩く姿が目撃されてはいた。持ち主を追いかけていったのではなく、再就職したらしい。

あの高いビル、横からだと棒のように見えるから、ずいぶん薄いなとは思っていたが、それどころではなく、完全に真横から見ると数学的な線になるのだという。つまり幅はなく、あるのは高さだけ。そういう設計なのだ。

子供の頃、よくスカートの下に扇風機を入れて回してました。ある条件がそこに加わると、ただ涼しいだけじゃなくて一瞬、身体が浮かぶのに気がついたんです。ええ、あれがすべての始まりでしたね。博士はそう語った。

子守用として作られたからそれがすべてのプログラムの中心で取り除くことはできず、付与された敵基地攻撃能力を用いるときにも子守をする必要があって、そのための子供ロボットが作られた。我々の最初の子供である。

甚大な被害が出ている。犠牲者の数も日に日に増していく。にもかかわらず、反撃すらできないのは、それがあまりに愛らしいから。犠牲者の遺族でさえ、そう感じているのだという。もちろん異常だ。異常な侵略なのだ。

墓地にすると言っていたのにいつのまにやら話が変わって基地にされてしまった。もう完成してしまったので今更どうしようもないんです。それにここだけの話ですが、基地ごと墓地になることも珍しくないですから、と。

あるのではなかろうか、とは以前から言われていたのだが、ついにその証拠である水蒸気が高性能望遠鏡によって観測される。おお、湯気だ秘湯だ温泉だ。これまではあまり宇宙探査に乗り気でなかった者も態度を変える。

言葉にできない体験というのは間違いなく存在していて、そんなときに出てきてしまった言葉をどうすることもできないから、せめてそれを使って言葉でしか存在できない何かを作ってみようとするのは一種の復讐なのか。

第三倉庫には今も月の砂漠がある。天井の高い倉庫の中に組まれたそのセットであの月面のシーンは撮影された。もちろんそういう設定の映画で、それとは別に人類は月へ行った。いくらそう言ってもあいつは信じないが。

頭の先に提灯をつけた生き物がいるくらいだから、額縁を持っている生き物がいてもおかしくはない。額縁の中でじっと待ちかまえて、自分の額縁に入ってきたものをそのまま自分の一部にしてしまう。食う必要すらない。

最近は何度も使える花火があって、エネルギーを解放した後に、また巻き戻せるらしい。つまりゼンマイで出来た花火。ネジを巻けば同じ反応を何度でも。もちろん花火だけじゃなくて、ええっと、これ言うの何度目かな。

坂の下にある海へ、昔の町を観に行った。波の隙間に年代順に畳まれて保存されている。大昔、過去というのはただ消えてしまうものだったそうだ。もっとも、そんな過去は残っていないから、本当かどうかもわからない。

輪ゴムだ、ドーナツだ、フラフープだ、イカリングだ。違う、リングワールドだ。あの回転する巨大なリングの内側に、かつてひとつの世界があったのだ。劣化したのか腐ったのか廃れたのか食べられたのかは知らないが。

この羊の群れに混じって暮らしているであろう電気羊を当の電気羊には気づかれないよう特定して通報するためにお前は作られたのだ、と告げられ、羊を数えるふりで探しているこの夢、はたして電気羊の夢と言えるか？

またリモコンが行方不明になってしまい、困っている。なぜリモコンでしか出来ない操作なんてものがあるのか。こんなの設計ミスだろ。リモコンを使わないと自分自身の設定を変更できないなんて、ほんと頼むよ、博士。

高齢化と人口減少により、町内の餅つき大会にこれまではタブーとされてきた自動餅つき機が導入されたのは五年前。しかしそうなってしまうともう歯止めは利かない。ついに今年から、自動餅食い機が導入されることに。

温泉なのにまるで温かくない。むしろかなり冷たい。いえいえ、周囲は極寒ですからこんなに冷たくても温泉なのです。言わば相対的温泉。実際、浸かりにきている生き物もいますよ。もっとも、相対的生き物ですけどね。

トレーラーに巨大な腕が載せられていた。その後ろのトレーラーには巨大な足、その後ろには頭、と続いて、全部揃ったらどうなるのか、とわくわくしたが、その日の夕方のニュースで、大規模な玉突き事故の発生を知る。

動物園。かつてそういうものがあちこちにあったそうだ。柵や網や堀の向こうにいる様々な動物を安全な場所から見物することができた。今もあるにはあるのだが、我々がそれを楽しむことはできない。ここがそうだから。

水族館。かつてそういうものがあちこちにあったそうだ。水槽やプールの中の様々な水棲生物を陸に居ながら見物することができた。今もあるにはあるのだが、昔のような楽しみ方はできない。すべて沈んでしまったから。

地上は白一色で、彩色前の模型のよう。そして実際、再び色を取り戻したとき、以前と色が違っているところがある。なかなか気づかないのは記憶も同様に塗り替えられているから。人類がそれを知ったのは、つい最近だ。

降ってくる雪をじっと見上げていると、自分の身体が上昇していくような気分を楽しむことができる。そう聞いたのでさっそくやってみる。なるほど昇る昇る。昇って昇って下を見ると、雪原に小さく横たわる自分の身体。

卵工場で働いている。自分で卵を産むことはもうできなくなったが、できる仕事は他にもいろいろある。ということで、産まれた卵の選別をする仕事に就いていたが、もっと大きな仕事ができた。卵工場が卵を産んだのだ。

ロボットがラッパを吹き鳴らしている。くやしいことに、かなりうまい。こいつ練習なんかしないだろうに。いえいえ。付き添いのヒトが言う。一日八時間の練習を欠かしたことはありませんよ。まあ、ロボットだからな。

これまでの伝統的な方法だけでは、うまくいかないことも多かった。だが、新しい技術によって状況は大きく変わりつつある。この藁人形型ロボットの導入により、呪いの精度は飛躍的に高まったと言っても過言ではない。

天から下がった紐に見えるしずっとそう思っていたが、じつは柱なのだ。つまり天は、紐のようなこの柱一本で支えられている。ただ、回転しているので、バランスを崩すことなく、一点のみで支えることができるらしい。

次々に底が抜ける。これだけ続くとすっかり慣れて、いちいち腰を抜かしたりしないし、底が抜けたときの落差によって発生するエネルギーを有効利用できるようにさえなった。抜ける底がいつまであるかはわからないが。

弦には弦、管には管の言い分があって、でもそれはどちらが正しいというようなことではないだろうし、実際いっしょに振動させてみるとうまくとけあったりするのだから、この宇宙の記述はひとまず横に置いておこうよ。

刺身にしてやる。そう言いながら、その手に刺身包丁を握りしめて迫りくるのは板前ロボット。そういえば、親方も気が短かった。そんなところまで学習しなくても。いや、単にショートしているだけなのかもしれないが。

生きている正方形のシートを用意する。しなやかで丈夫で均質で薄くて折れるなら、材質にはこだわらない。鶴あたりから始めて次第に複雑なものへと進み、ヒトまでたどり着ければ、そのヒトに後の仕事を任せるのも可。

人間で大砲を作って人間を砲弾として発射するという計画。そうすることで人間は人間を超えて飛翔できるのだという。なぜそうなるのかが人間に理解できないのは、人間が作った人間を超えた存在が立案した計画だから。

本当に飛ぶ必要はない。観客にそう見えればいい。本当に飛んだのと同じ効果が得られる。それが舞台の面白いところ。じつは、私もそうやってる。意思があるかのように見えてるだろ。ヒトにそう見えれば、それでいい。

本当に飛ぶ必要はない。観客にそう見えればいい。本当に飛んだのと同じ効果が得られる。それが舞台の面白いところ。それを意識してやってごらん。それができたら、次はこの世界すべてを舞台に変える方法を教えよう。

人工知熊とはその字面の通り人工知能に四つ足をつけた、つまり自走式にしたものだが、残念ながら今のところ、歩く辞書以上の利用価値を見出せていない。せめてサーカスの熊程度に芸を仕込むことはできないものか。

我々が展開すべき世界、その終末がわからないままあれこれ準備だけは続けてきたのだが、ここに来てようやく、世界をどう終わらせるかが伝えられた。よし、ここから逆算して、やっと世界を立ち上げることができるぞ。

劇場の天井には照明機材を吊るすための棒が縦横何本も渡されていて、そんな環境に適応した生物がいるらしい。どうやらライトの放つ熱やそこにある電源を利用しているようだが、彼らが進化の表舞台に出ることはない。

いいかい、あの換気扇が回っているのは、換気を行うためではなく、この位置にくるくる回る影を落とすため。つまりあれは空調装置ではなく照明装置なのだ。ここはそういう世界。それがわかった上で、ここに立つこと。

この世界が巨大な鍵盤であることはすでに証明されているし、ある種の演奏に使用されているのも間違いないが、我々にはその曲の行く先を知ることは不可能で、いつか自分が使用されることがあるかどうかもわからない。

台風が常駐している。なぜ動かなくなってしまったのか知らないが、もうずいぶん長くここにいる。そのうち動くのか、もう動かないのか。なんにせよ、こんな風になる前よりも穏やかなのは、ここが台風の目の中だから。

台風が常駐している。なぜ動かなくなってしまったのかは知らないが、もうずいぶん長くここにいる。もうすっかり名物になってしまっているので、今さら動いてもらっても困る、という声のほうが大きくなってきている。

昔は公園だった窪みに、昔は砂場だった水溜まりと昔はジャングルジムだった塊と昔は滑り台だった塊と昔はブランコだった塊と昔はなんだったのかわからない塊とが並んでいて、昔は人間だった何かが今日も遊んでいる。

潮が引くと砂の道が現れる。ここは遠浅だからどこまでも歩いて行ける。さくさく歩いて、よさげなところを掘ってみると、砂の下から出てくる出てくる。懐かしいものから忘れていたものまで。ここはそういう海だから。

世界の容量が足りなくなってきて、容量を節約するため人間は単純化されて人形に。人形でも工夫次第で人間がやるような表現はできるはず、というか、実際にやってみると、人形のほうがより豊かな表現になっていたり。

世界が増量されたので、容量を節約するために人形化されていた人間はもと通りに。もっとも、もう人間に戻りたがらない者も大勢いて、再人間化から逃れるために自分を人間そっくりに改造する人形も少なくないらしい。

ドローンの材料が生き物に近くなって鳥との見分けがつかなくなり、飛んでいるものはドローンと思え、と見境なく撃ち落とすようになったから、当然ながら空には鳥がいなくなり、それでも昔と同じくらい空は賑やかだ。

内閣改造が発表されたが、大臣たちの顔ぶれは以前と変わらない。どこが改造なのか。記者のそんな質問に首相は、では御覧に入れよう。それを合図に、大臣たちは奇声を発しながら改造されたその肉体を次々に披露する。

いけないとわかってはいたのについ目を合わせてしまい、後をついてきたからそのまま家まで連れ帰ることに。もう電源を見つけて勝手に充電を始めているし、置いてやることにするかな。最近はこんなロボットが増えた。

ある朝、気がかりな夢から目覚めたKは、自分が虫に改造されてしまっていることを知った。いったい誰がなんのためにこんなことを。自分を虫に改造した悪の秘密結社とKとの長く不条理な戦いのそれが始まりであった。

ある朝、気がかりな夢から目覚めたKは、自分がロボット化されてしまっていることを知った。いったい誰がなんのためにこんなことを。自分をロボット化した犯人を探し求めるロボット刑事としてのKの捜査が始まった。

月面で発見された謎の物体に続いて木星の近傍でも同様の物体が発見され、どうやらそれは一種のワームホールでもあるらしい。この先には何が待っているのだろう。そこへメッセージが伝えられる。通り抜けできません。

同じ場面を何度も何度も繰り返している。これから起きることはもうわかっているから、次はもっとうまくいくようにと色々やってみる。そして、皆そうしているらしいと気がつく。なんだよ、全員で時をかけているのか。

激しい雨で夏の名残が剝がれ落ちていくのはいつものことだと思っていたが、剝がれるのは夏だけでは済まない。なにしろ雨も風もかつて経験したことのない激しさ。剝がれ落ちたその下には見たことのない何かが見える。

このあたりもすっかり空き家だらけ、と思っていたら、歯が抜けるように赤土の更地に変わって、なんだか火星の廃村みたいだ。さっき前を通ったら、不動産屋の社員が蛸みたいな生き物たちに何やら熱心に説明していた。

えっ、こんなところにスイッチが。危なくなったら押せと言われてはいたのだが、本当にあったとはな。さっそく押したら、すべて片付いた。それはいいのだが、それ以外にもいろんなスイッチが。これ、いつ使うのかな。

大混乱の駅にいる。昨夜の嵐でいろんなものが乱れているようだ。止まったり、遅れたり、逆行したり。煙を噴き出しながらプラットホームに蒸気機関車が入ってきた。空間だけではなく時間にも影響が出ているらしいな。

すべての粒子を力ずくで整列させているだけで、固体に見えてはいるがじつは流体。だから、その力が失われた途端に崩れ落ちてしまうんだぞこんなふうに、と言う目の前の砂山は、なるほど集めるとヒトくらいの重さか。

すべての粒子を力ずくで整列させているだけで、固体に見えてはいるがじつは流体。だから、その力が失われた途端に別の力の影響を受けてしまうぞこんなふうに、と言う目の前の砂山には、なるほどきれいな風紋がある。

引き延ばしと折り畳みの繰り返しであり、そこからパイこねドライブと呼ばれているが、もちろんパイ生地ではなく空間が使用される。下手にやると破けてしまうが、わざと破くことで兵器に転用できることが証明された。

蟻の行列のように見えるが、蟻型ロボットの行列なのだ。その長い行列の先には、壊れたロボットがある。確実に冬へと向かいつつあるこの時代を生き抜くことができるのは、ヒト型でなく彼らであろうと考えられている。

身体が新しくなると当然ながらいろんな新しい言葉も増え、しかし新しくない身体の持ち主とはそれだけ話が通じないことも増え、溝は埋まらないどころか深まるばかり。そのせいなのかどうか最近のヒトは無口になった。

語り手から語り手へと渡ることで自らを更新していく物語があって、その中にはもう死んでしまった語り手の語り口もまた保存されており、環境さえ整えればそれが別の語り手によって再生されることもある、という物語。

子供の頃からそこにあった渦に、最後に会いに行く。護岸工事が始まったら、たぶん流れが変わって消えてしまう。いや、消えるのではなくて形を変えるだけでそこにあり続けるのかな。まあわからないのはお互いさまか。

はたしてそれが表面張力なのかどうかはまだ解明されておりませんが、その力ゆえにいかなる運命も我々を引き離すことはできないのです、と語るその液体は、表面張力という語を発する度、照れたように表面を震わせる。

ツリーにサンタにトナカイその他、来年まで保存するより来年新たに作るほうが安上がりな連中が送られるクリスマスの墓場。活動限界まではまだ時間がある今は、盆と正月とクリスマスがいっしょに来たような賑やかさ。

ゴミ集積場の山の上に、今年も巨大なツリーが立った。もちろんそのツリーも捨てられたものだし、枝という枝に飾られているのも捨てられたもの。誰が立てるのかは知らないし、この話がいい話なのかどうかも知らない。

毎年この時期になると、サンタが街にやってくる。かつて大量に生産された人工サンタ。不法投棄され、野生化した彼らが、越冬のための栄養分を求めて山から下りてくるのだ。サンタは、ケーキよりも鶏肉を好むらしい。

クリスマスを祝う歌を機械たちが歌っていて、彼らにとってそれは単なるプログラム以上の意味はないのだろうが、それを観ている人間たちにとっては何らかの意味をもってしまうらしい。舞い落ちるこの人工の雪もまた。

月の光が射して、設計図通りの巨大なツリーが現れた。それは、木々の間に張られた蜘蛛の糸によって描かれた立体なのだ。なるほど彼らならカーボンナノチューブの糸で星まで届くツリーを編み上げることができるかも。

無人偵察飛行機械が撃ち落とされてしまったから代わりが必要になり、さっそく申請して受け取りに来ただけなのに、落としたのは金属製ですか樹脂製ですか肉製ですか、なんてことを女神っぽい口調で係官が尋ねてくる。

ある効果を生むように組み立てられた一連の文章は意図された通りの拍と調と色で音読すると呪文として機能することがあるのでうっかり世界の底を抜いてしまわないように、などと抜いてしまったあとで言っても遅いか。

細分化する。小さく小さく、それより小さくなると動けなくなるぎりぎりまで小さく。何も考えない。前を行く者にただついていく。そうしてこの狭いところを抜ける。それはいいけど、誰がまた組み立ててくれるのかな。

地下の扉の向こうには、夕焼けや流れ星や打ち上げ花火でにぎやかな空があって、瓦礫の山には風も吹けば雨も降り、そのうち雪へと変わるだろう。もちろんどれひとつとして本物ではないが、それはこっちもそうだから。

誰かが空を見つけた。そんな都市伝説があって、まああありえなくはない。この都市の上には今も空はあるだろうし、それが見える隙間くらいあるかも。でも、見せてやろうと言う誰かにはついていかないほうがいいと思う。

宇宙人ですかあ、そう言えば最近はあんまりその言葉聞かないですよねえ。まあいろいろ定義にうるさい人が多いからね。地球だって宇宙だ、とかさ。えっ、どうしても宇宙人でいきたいんですかあ。で、侵略に来た、と。

壺の中にも世界があって、もちろんその世界にも天がある、というところまではわかっていて、この壺の中の天が、壺の外の天とは種類の違う天である、ということを同じ壺の中から証明する、というのが当面の目標かな。

もうずいぶん来てなかった、というか、いろんな事情が絡まって、来ることができなかったのだ。ひさしぶりに来ることができたここはあの頃のままで、やっぱり「昔、火星のあった場所」としか呼びようのないところだ。

うちの自動車、口ばかり達者になってなかなか走ってくれない。そこは電車のほうが経済的です、だの、健康のために歩きましょう、だの。走るのが面倒なだけではないのか。自動運転機能などない他動車に買い替えるか。

ついに完成した予言機械だが、動かしても動かしても縁起の悪いことしか出力しなくて、さすがにこれでは表に出せない、と研究所の座敷牢に入れられることになった顛末を、よって件のごとし、と関係者は締めくくった。

電池を交換してください、という表示が初めて出たので開けたら、なんだかわからないものが入っていた。おれ、電池で動いてたんじゃなかったんだ。電池でいいのか。入れてみた。心を入れ替えるって、こんな感じかな。

よく言われるように植木鉢の中にも世界があって、こうして土しか入れてないのに、生えたり、来たり、食ったり食われたりして、また土だけに戻る。ごくまれにだが、その間に文明らしきものが生まれて滅ぶこともある。

時間ループの中で、より良い解を求めて試行錯誤を繰り返したが、最終的に一回目と同じところに落ち着いてしまった。やったことが無意味ではないのは、行為が同じでも内面は変化したから。せめてそう思うことにする。

本物である必要はない。さらに言えば、見えるところだけあればいい。見えないところは必要ない。その方針で、ついに半分の材料で人間を作る方法を開発したのです。ええ、もう実行されていますよ。わかんないでしょ。

この世界は計算過程であり、その計算の一部分である我々がそれを世界と呼んでいるだけ。つまりこの世界の延命のためには計算の妨害が有効で、たとえばどうでもいいことを耳もとでささやき続けたりね、こんなふうに。

電子から紙へと渡ったらしい生き物が発見され、さらに、もともとは紙にいたそれが、あるとき電子へ渡ったのだという証拠も見つかった。つまり電子と紙とを行き来するルートが存在している。我々もいつか使えるかも。

最初はちょっとくらい高くついても、それで光合成できるようになるんならすぐに元はとれる、なあんて言うけどさ、最終的には光合成しない連中の食い物にされちゃうんじゃないかなあ。で、いったいいくら払ったの？

充分な容量と計算速度を有するシミュレーションは、本物と区別がつかないし、つける必要もない、と述べている私は、シミュレーションなのか本物なのか？　自分自身にそう問いかけた記憶もあれば問われた記憶もある。

作った順に番号を振ってきちんと並べておいたはずなのに、いつのまにやら他所で勝手に集まって番号も付け替え、好きにやっているらしい、という噂を聞いたところで、自分の背中にも番号がついているのに気がついた。

番号を振られて番号順に呼び出され、膨らまされたり付け足されたり歪められたり削られたり入れ替えられたり、あれこれやられてるうちに自分を見失い、気がついたら百字になってここにいた。それだけ。百字で語れる。

ただの砂時計に見えるだろ。でもこれ、火星の砂。サンプルリターンってやつだ。探査機が持って帰ってきた。えっ、そんな貴重なものをなぜ砂時計に、って？　違う違う、採取した砂の中に入ってたんだよ、この砂時計。

近所の空き家が取り壊されて、尖った三角形の更地が出来た。見るからに使いにくそうな土地だったが、数日後に通りかかると、そこには正方形に近い更地があった。この世界は私が考えるよりもずっと柔軟なものらしい。

ご存知のようにヒトは口から肛門までの一本の管、つまり穴。ヒトが死んだ後、この穴はどこへ行くのか。その研究のため作られた食べ物がドーナツで、さらなる研究のためヒトを食べるドーナツの開発が急がれています。

正四面体の雲がすっかり見慣れたものになり、そんな彼らに人類は制空権を奪われたわけだが、彼らのおかげでそれ以前に空にあった雲もまた生き物だったことがわかって意思の疎通も可能になったのは、不幸中の幸いか。

船には、海が乗せられていたという。海を危機から救い、安全な場所まで運ぶための船だったのだ。だが船は星の海で難破して、不本意な場所に不本意な形で展開された不本意な海に発生したのが我々、ということらしい。

その宇宙船にはタンパク質で作られた人工知能が搭載されていた。予測不可能な長期任務には、学習し成長する生体システムが最適と考えられたのだ。予想外だったのは、新鮮な肉に飢えた乗組員に食われてしまったこと。

その宇宙船にはタンパク質で作られた人工知能が搭載されていた。予測不可能な長期任務には、学習し成長する生体システムが最適と考えられたのだ。予想外だったのは、育ち盛りの人工知能が乗組員を次々に食ったこと。

少しずつ入れ替えていき、最終的にまったく違う自分になれるらしい。だいぶ変わってしまっただろうな。昔のあなただった部品も保管してますが、持って帰られますか？　いや、それはいい。皆さん、そうおっしゃいます。

本日は息を必要とする楽器がいつもより多いので、いつもより多めにヒトは再生してもらえます、と聞いて喜んでいるヒトも多いと思いますが、息ができれば誰でもいいわけではなく楽器を操作する能力が肝心ですからね。

だるまさんが転んだ、ってあるだろ。あれだ。世界はあんなふうになってる。こっちが見てないときに動いてるの。うん、うまく振り向けば見えるよ。まあ本当に見たいのなら、やりかたを教えるけどさ。本当に見たい？

世界が日に日に欠けていってるんじゃなくて、欠けていってるのは君のほうなんだよ。そんなことを教えてくれたのは古い友人だが、なるほど昔よりもかなり欠けてしまっている彼のその言葉には、さすがに説得力がある。

時をかける乗り物ではあるが、十年前に行くのに十年かかり、五年前に行くのに五年かかる。そして、十年後に行くのにも十年かかり、五年後に行くのにも五年かかるのだ。これって、役に立つのだろうか。長時間考え中。

昼とも夜ともつかぬぼんやりとした世界のようだが、じつはまばたきほどの長さの昼と夜が交互に並んでいて、だから連続した素早いまばたきとその周期の調整によって、昼夜いずれかの世界に同期することができるのだ。

それが何の部品だかわからないまま部品を作り続けている。何の部品だかわからないまま部品として完成させていく。何の部品だかわからないのに完成したことだけはわかるのだ。自分も何かの部品のような気がしている。

初めて降り立つ未知の惑星、岩陰から美女が出現。ありえない事態に思われるが、我々を知りつくした知性体からのコンタクトかも。

よし、とりあえず声をかけてみろ。

いやあ、あのタイプ、あんまり好みじゃないんすよ。

いかなる事象であろうとも「めでたしめでたし」で終わるお話へと書き換えることができる自動機械が製作されて、この世界すべての書き換えが実行に移されたわけだが、それももうすぐ終わるらしい。めでたしめでたし。

世界の果ての深い井戸から巨人が汲み上げて空に投げた水が巡り巡ってまた井戸の底へ。そんな流れが世界を回していたが、世界の安定のために機械化されて巨人は失業。現在は機械化を推進した会社の工場で働いている。

塗るための機械と貼るための機械と押すための機械と並べるための機械と磨くための機械と詰めるための機械とがひとつ屋根の下にいて、それらの間をうまく繋ぐために作られた機械を仮に人間と呼ぶようになったという。

ひとり暮らしではあったが、近所でロボ屋敷と呼ばれるほどいろんなタイプのたくさんの掃除ロボットたちといっしょに住んでいた。自分の死体をロボットたちにきれいに片付けさせるプログラムは、自作したものらしい。

来週から人類は長いお休みに入るので、やりたいことは今のうちにやっておくように。えっ、休みになってからやろうと思ってたんですけど。いや、そういうのじゃないから。そういうのじゃなければ、どういうのなのか。

週末には様々なロボットが訪れて、保存されている大昔の工作機械を操作し、その当時のロボットの部品を作って置いていく。詳しいことは教えてくれないが、どうやらここは、彼らにとっての聖地のような場所らしい。

月へ行く計画に参加している。

毎月少しずつ届けられる部品を説明書通り嵌めたり繋いだりしていけば、人類は再び月へ行けるのだ。

今月は、月着陸船の台所の蛇口に付ける浄水フィルターが届いた。

月への道のりは遠い。

回収車が近づいてくると次々に家の表へ出ていく。自走式のものは自分で歩いて、そうでないものは自分で歩けるものたちの力を借りて。回収を期待します。そう自筆した紙を自分に貼りつけている。今回はどうだろうな。

空き地で夕焼けを組み立てた。

空き地で見た夕焼けを記憶通りに組み立てたはずなのに、あの夕焼けみたいにならなかったのは何が足りないのだろう。それがわからないのは私のせいではなく、私を組み立てた誰かのせい。

壊れるたびに部品を交換してやってきたが、ここにきていよいよ部品が手に入らない。壊れたままのところが増えていけば、ある時点で維持は不可能になるが、言いかえれば、我々はついに死を手に入れた、ということか。

いや、この記憶の中にある夕焼けも、やっぱり誰かが組み立てた夕焼けなのだと私はちゃんと知っている。それは子供の頃、まだ色のなかったテレビの中にあった夕焼けで、それを借りて私は自分の世界を組み立てたのだ。

今回、ヒトに与えられた役目は観客なのだ。そのための目の高さであり、豊かさであり、経験なのだろう。だからもちろん、舞台が終われば退出する。明日からの舞台のことを考える舞台裏の集まりに参加することはない。

月が出たと聞いて外に出たら、なるほど本当に出ている。ずっと昔に壊したはずなのに、なぜかまだ人間には見えるのだ。でも機械には見えないそうだから、やはりあれは幽霊か。あるいは機械たちが嘘をついているのか。

解説

高山羽根子

あらゆるテキスト表現で、文字数はとても大切な意味を持っている。俳句や短歌、五言絶句みたいな定型詩はずっと昔からあるし、なぜか現代の私たちも、四百字詰原稿用紙換算でお仕事をもらっている。

著者の北野氏は落語や芝居にかかわっていて、自身が俳優でもあるため、自作の朗読イベントを開催している。彼はあるイベントで「四百字詰原稿用紙一枚は朗読するとだいたい一分くらいだから、そういうふうに巧くできているんじゃないか」と話していた。文字数と発話の身体性との関係は、彼の作品を語る上での大きなポイントのひとつかもしれない。

もうひとつのポイントはＳＮＳという媒体だ。この本は、彼のツイッターアカウントで発表されてきたもののうち、彼自身が「ＳＦ」だと思った作品を掲載している。ツイッターは一記事が百四十文字以内に制限されている。これもきっと、なにかの身体的な約束ごとに関連しているのだろう。たとえばスマートフォンをスクロールしなくても視界にとらえることができる範囲の文字数だとか。

一連の作品はこれまで、キノブックスから『じわじわ気になる（ほぼ）100字の小説』シリーズ三冊、ハヤカワ文庫JAから『100文字SF』が刊行されている。どれも、一ページの中に一作、つまりぱっと見た範囲に書き出しからお終いまで物語が存在する。この「視界に最初から最後まである」ということが、きっとすごく重要なのだ。

北野氏はショートショートの作家ではない、と私は思っている。第四回日本ファンタジーノベル大賞の優秀賞『昔、火星のあった場所』という長編作品でデビューしているし、第二十二回日本SF大賞受賞の『かめくん』など、長編の名作を何冊も著している。ただその一方で、短編の作品もほんとうに嬉しくなるほど素晴らしいものがいっぱいある。その魅力はでも、やっぱり、長編作家の持つスケール感に由来しているのだと感じている。

そのスケール感が、視界の中に収まるほどの矩形に詰まっているっていう種類の奇跡。どうぞ、ぞんぶんに楽しんでください。

（二〇二三年二月）

シリーズ 百字劇場

ありふれた金庫

著者

北野《きたの》勇作《ゆうさく》

neconos

二〇二三年　三月三十一日　初版一刷発行

発行人　大津山承子

発行所　ネコノス合同会社

郵便番号一五四—〇〇一一
東京都世田谷区上馬三—一四—一一
電話　〇三—六八〇四—六〇〇一
FAX　〇三—六八〇〇—二一五〇

印刷　シナノ印刷株式会社

製本　株式会社宮田製本所

制作進行　小笠原宏憲

編集協力　浅生鴨　茂木直子

本文デザイン　清水肇［prigraphics］

校正　円水社

編集　山中千尋

定価はカバーに記載しています。

ISBN978-4-910710-08-2